AL ESTILO DE AMARITA

Escrito Por: Amara La Negra

Con: Heddrick McBride

Traducido Por: Gabriela Ahumada-1m

Ilustrado Por: HH-Pax

©2018 McBride colleccion de historias
Todos los derechos reservados.
ISBN-13: 13-978-0-692-039861

Hola me llamo Amarita y esta es mi mamá Ana!

Mi mamá siempre ha tenido una gran parte en mi vida. Ella siempre me ha dicho con claridad que puedo hablar con ella de cualquier cosa en este mundo, no importa lo grande o lo pequeño que sea.

Mi mamá se despierta muy temprano en la mañana para cuidarme. Primero hace su yoga de la mañana y después nos hace un desayuno riquísimo. A veces tenemos fruta fresca con tostada y otras veces nos hace batidos para comenzar nuestro día. Mi mami va a trabajar mientras yo estoy en la escuela.

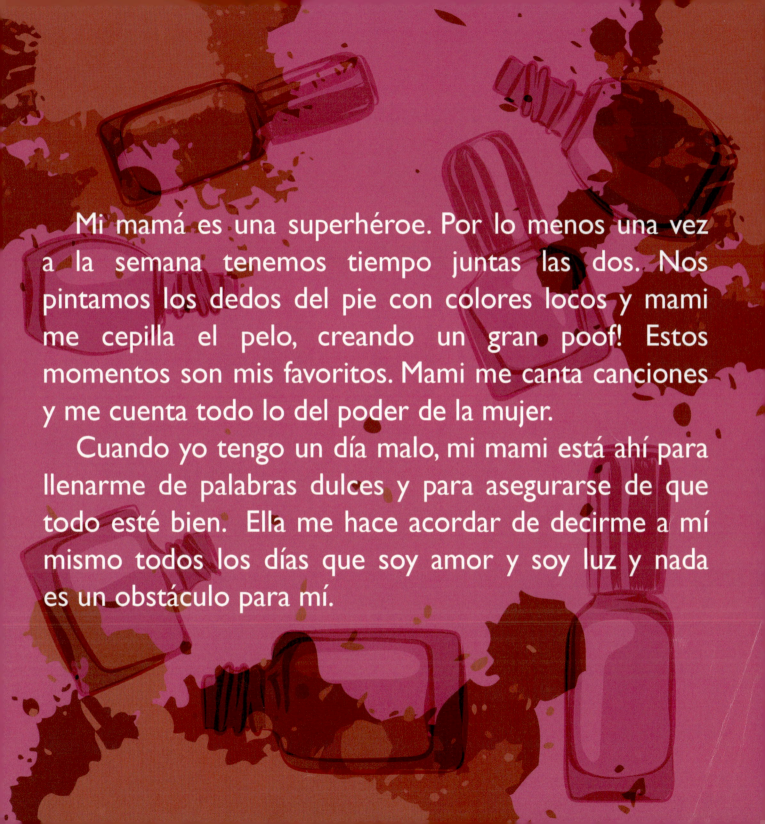

Mi mamá es una superhéroe. Por lo menos una vez a la semana tenemos tiempo juntas las dos. Nos pintamos los dedos del pie con colores locos y mami me cepilla el pelo, creando un gran poof! Estos momentos son mis favoritos. Mami me canta canciones y me cuenta todo lo del poder de la mujer.

Cuando yo tengo un día malo, mi mami está ahí para llenarme de palabras dulces y para asegurarse de que todo esté bien. Ella me hace acordar de decirme a mí mismo todos los días que soy amor y soy luz y nada es un obstáculo para mí.

El último sábado, mi mami me llevó al parque para tener un picnic. El sol brillaba y los árboles soplaban las hojas en el cielo. Los rulos de mi mami se movían con el viento moviéndolos hacia su cara con la rapidez de los vientos.

Ella empacó una canasta café grande con queso, galletas, fruta y sándwiches pequeños para llenarme el estómago con cosas nutritivas. Me senté en el césped y comencé a rodar la pelota de playa alrededor del parque.

De repente el sol decidió esconderse detrás de las nubes y comenzó a llover, así que nos regresamos a casa.

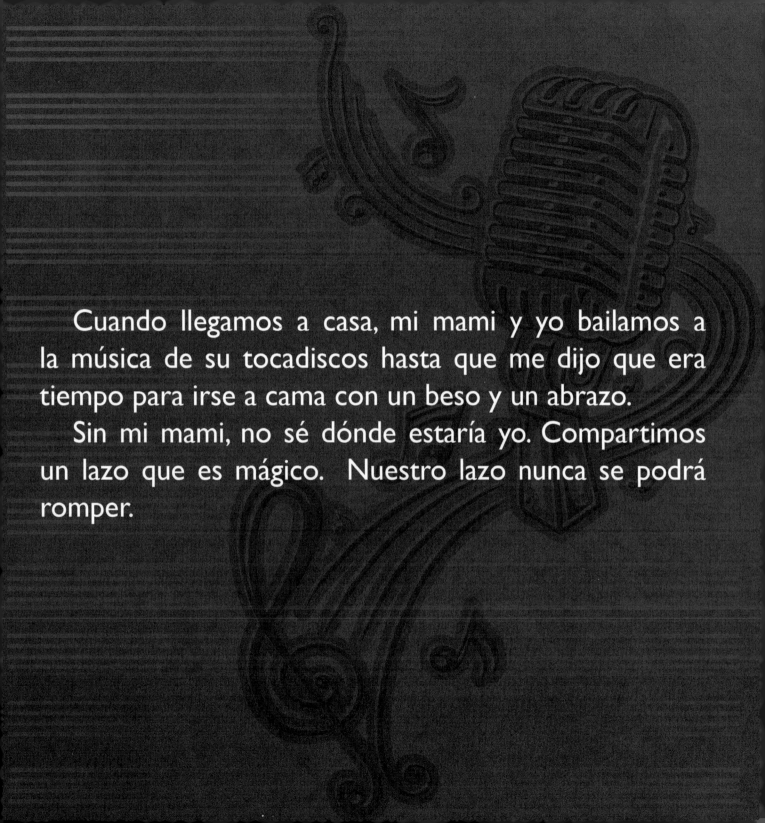

Cuando llegamos a casa, mi mami y yo bailamos a la música de su tocadiscos hasta que me dijo que era tiempo para irse a cama con un beso y un abrazo.

Sin mi mami, no sé dónde estaría yo. Compartimos un lazo que es mágico. Nuestro lazo nunca se podrá romper.

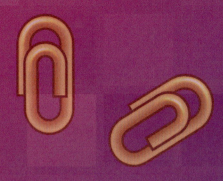

No importa lo difícil que se pongan las cosas, nunca me doy por vencida. Hay veces que me frustro cuando no puedo cumplir mi meta la primera vez. Mi mami me enseñó a respirar profundamente, a contar a cinco, y a seguir tratando. Me dijo que es extremadamente importante mantenerse determinada y enfocarme en todo lo que hago. Es importante no dejar que nada te quite la voluntad de llegar a tus metas, y siempre levantarse uno y a levantar a otros en el proceso.

En nuestros días de arte y diseño, mi mami llega a casa con bolsas plásticas llenas de útiles de arte, cuadros vacíos, y pedazos grandes de papel blanco para dibujar. Sabía exactamente lo que quería pintar hoy día: un arco iris grande y hermoso. Mami me dio las pinturas, me puso un mandil sobre la ropa, y me dio un marco en blanco. Era hora de hacer mi visión una realidad.

Miraba bien cerca a mi mami cuando trabajaba para poder copiar sus emociones mientras pintaba una flor del sol. Mi arco iris se había manchado un poco pero trate de arreglarlo agregándole un poco más de pintura roja a los alrededores. Miré el sol de flor de mi mamá y era perfecto! Le agregó pétalos amarillos y cafés y comenzó a trabajar en el palo de la flor. Respire profundamente y me alejé de mi pintura dejando a mi arco iris medio manchado y aislado. Tiré mi mandil al piso y me fui a mi cuarto.

Escuché los pasos de mi mami acercándose a mi cuarto. "Qué está pasando Amarita, porque dejaste tu dibujo sin terminar?" Amarita, tiene tanto potencial, lo podemos arreglar. Trabajemos juntos me dijo preguntó ella.

"Lo malogré, está feo y no quiero terminarlo mami," le dije.

"Amarita, tiene tanto potencial, lo podemos arreglar. Vamos a hacerlo juntas," ella sonrió.

"Ya acabé con esto mami, lo arruiné todo!" le dije mientras las lágrimas me venían a los ojos.

Mi mami se acercó a mí y me miró a los ojos.

"Tú no puedes rendirte sólo porque cometiste un pequeño error. Debes seguir, tienes que ser determinada en todo lo que haces," dijo mi mami con una mirada muy seria.

"Está bien mami. Trataré de arreglar la pintura," le dije.

"Esto va más allá de la pintura hija, tienes que ser determinada en todo lo que haces en tu vida. Termina lo que comienzas," me dijo ella.

Regresé a la sala y corregí mis errores. Terminé con un arco iris grande y precioso! Desde ese día, he decidido terminar todo lo que comienzo y enseñar determinación en todo lo que hago. Nunca me rindo, al contrario, sigo adelante. Esa es la manera de Amarita.

Mi mami siempre me ha dicho que el amor a uno mismo es el amor más puro y el más importante. Me dijo que si puedo amarme a mí misma en este mundo, podré hacer cualquier cosa. A veces puede ser difícil, especialmente con los estándares altos de belleza en esta sociedad, pero me dijo que siempre recuerde que soy bella.

Un día antes de tomar la foto de la escuela, mi mami me puso aceite de coco tibio en el pelo y me lo cepilló hasta tener un afro grande. Me puso dos ganchos rosados en la parte de adelante de mi pelo, y me escogió un vestido rosado que combinaba. Mi mamá sonrió tan grande cuando vio lo bonito que me veía antes de salir del autobús escolar.

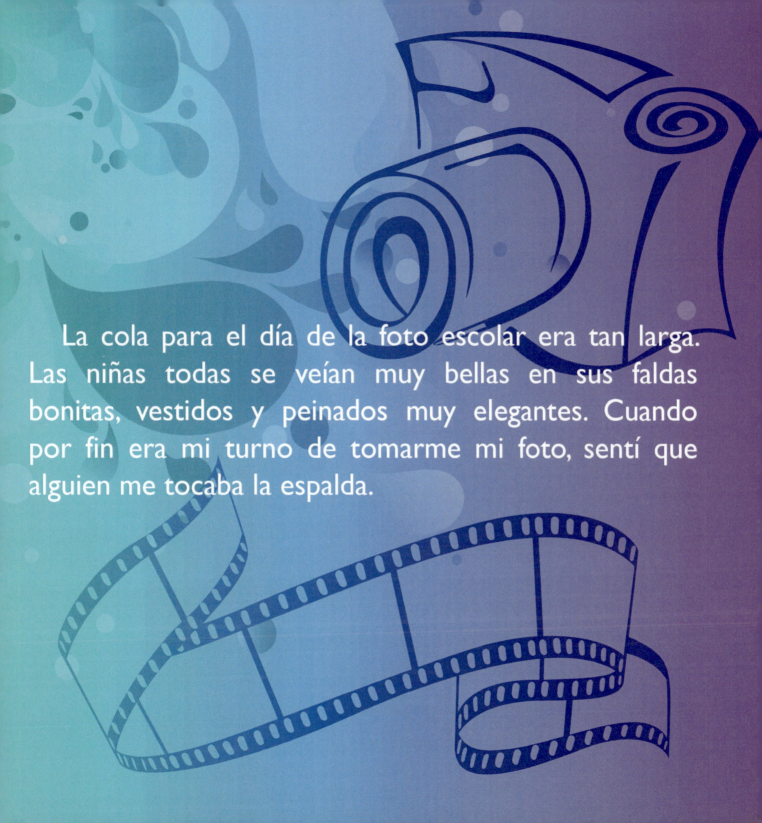

La cola para el día de la foto escolar era tan larga. Las niñas todas se veían muy bellas en sus faldas bonitas, vestidos y peinados muy elegantes. Cuando por fin era mi turno de tomarme mi foto, sentí que alguien me tocaba la espalda.

Me di la vuelta y para mi sorpresa, era Samantha Baker. Usualmente ella era callada pero cuando tenía una pregunta sobre alguien, no resistía y la preguntaba.

"Amarita, por qué está tu pelo por todas partes así?" preguntó Samantha.

Mis pensamientos estaban corriendo en mi cabeza, pero me acordé que mi mami me dijo exactamente cómo responder en momentos así. Me diría que no me enoje ni me ofenda pero que proponga educarlos.

"Se llama un afro, y literalmente opone la gravedad. Chévere no?" le pregunté mientras me iba a agarrar mi foto.

AMOR PROPIO

Mi mami me enseñó que amarse a uno mismo no se debería poner en la misma categoría que la arrogancia. Amarse a uno mismo no es egoísta; es algo que uno mismo se lo merece.

Deberíamos todos amarnos incondicionalmente y aprender a abrazar nuestras fallas. Las fallas solamente son diferencias que nos distinguen de todos los demás y no son nada de que estar avergonzados.

Mi mami siempre me ha dicho que amarse a uno mismo debería ser enseñado a los hijos al mismo tiempo que el abecedario para que no lo tengan que aprender más tarde en su vida.

Siempre me amaré a mi misma incondicionalmente, y usted debe hacerlo también. Es la manera de Amarita.

Made in the USA
Columbia, SC
15 January 2019